歩道叢書

歌集

雪庭

近藤千恵

現代短歌社

目次

平成二十五年

雪庭

平成十五年

外燈の灯

目のまへの山打つ雷にめざめしが窓にしづけし外燈の灯は

雨にぬるる檜原湖の水たをたをといたしかた
なきものを見てゐつ

杉森のくらき緑に近づきてはじけんばかりの
花群に会ふ

脚ながくなりし幼が鏡台の前にバレエの所作
くりかへす

春彼岸の草まだ萌えぬ土手ゆきて手にひややけき蕗の薹つむ

歩みゆく湖のほとりは水ならの梢まばゆく雨晴れにけり

田に水の入る頃となりあらかじめ戻る寒さをわれら嘆かふ

雨のなき梅雨の日花のかがやきて凌霄花そらにちかづく

炎暑の匂

葦を吹く風に炎暑の匂ひあり久しく雨を待つ梅雨の日に

晴れとほる空気のうすさ吸ふ息の苦しきままに低丘を越ゆ

谷あひの狭き稲田は穂にいづるきざしさへなく枯れてしまへり

遠き日の悔かへるまで空さむき入日に栗の木の枝かわく

言葉つくすよりもいち早く謝りて安きにつく
はいつの頃より

谷ぞひの道をたどりてひとところ林相の揃ふ
杉群に会ふ

甥

朝はやきでんわは甥の訃報にて心臓の血管破裂せしとふ

心臓の治療を受けし子供らが集ひて医師なる甥をとむらふ

軒下に迫りてしげる葛の葉に冷えびえと夏の空気がうごく

くるぶしの痛みもつまで躰冷えて堪へつつゐたり今日の嘆きに

栗の花かく匂ひつつ梅雨のあめ降らぬ六月下旬のくもり

青葉の匂ひ

長き梅雨やうやく明けてわたくしの心のうごく青葉のにほひ

足音に寄る老大の鯉みれば向きをかへつつさわがしからず

湖岸にたつ胡桃の木たえまなき水のひびきに実のふとるらん

朝七時ラジオにニュース言ふ聞けば荒き息づ
きなまなましけれ
空間にしぶきのみつる昼のあめとどろく雷は
土にひびかふ

竜飛岬

力《ちから》ある雲とどこほる海峡の空のあかるさ吹く
風もなく

九月尽の海のひかりにあたたかき先生の歌碑
に手をおく

風通ふ道とこそ聞け檜葉山にひとすぢ色のあ
せゐるところ

対向車に会はずに走りし二時間余海ぞひの道
に喉かわきたり

憩ひなくしぶきをあぐる十三湖の濁りをみし
のみに帰り来

雨くらく降る城あとの濠のうへとぶあきつら
は光のごとし

くりかへし鬱病む友を案じつつかけくる電話
をときにおそるる

老いてゆくひと日のこころ時雨降る山に茸の
味噌漬を食ふ

逝く夏のときを惜しめば蕎麦の花いづこにも
咲くこの山ざとは

山の間のしろきなだりは蕎麦の花はたてにあはく緑いろたつ

ゐのころ草ひくくゆれつつ逝く夏の暑さしづまりがたき山畑

遠くまで厚みをもちてひろがれる稔田の黄をみつついとしむ

平成十六年

潮の香

潮の香のよどむ松原おほよそは幹まがりゐて
日の暮れはやし

海鳴りを負ふ松林こぶかたき幹にひびかふおもきその音

舟着場は参道にして潮風をうけつつ石のきざはしのぼる

すきとほるいか食はしむと海中に堅固に石を組みてやしなふ

子猫

庭畑にひすがら遊ぶ子猫らの恐れ知らねば追ふすべのなし

広々と香にたつ稲田秋の日のしづむころほひかがやきを増す

稔田はめまひするまでまぶしきに抜きいでてたつ稗䅣し

失ひし心かへれよ冷えしるき空のはたてにのこる夕映

会ふたびに多忙を言ひて憚らぬ人をり何をほこらんとする

疾風

よもすがらやむいとまなく吹ききたる疾風は
近き山より聞こゆ

台風を避けてゐるらし道の辺のしげみにこも
る鷺おびただし

遠くよりうねりつつくる高き波なぎさに朝の
ひかりを砕く

整然と畝たててある広き畑ゆたけき心みるご
とく過ぐ

台風のあらぶるなかを歩みきて椨の木下の歌
碑にまみゆる

窓そとはひといろの霧いましがた沖のしらなみ見えてをりしに

一夜のあめ晴れしこの浜いでてゆく漁船のエンジン空にきこゆる

平成十七年

草もみぢ

土ひくく朱実かがやく藪柑子のかたへにひとりの思ひをみたす

草もみぢせる土手とほく木枯しのゆくへは生
の行方のごとし

鬱屈のこころ和ぐべし広々と刈田あかるく冬
のあめ降る

雪道をかへりくるなり歩行器にたよる夫に見
送られつつ

わが声に応ふるごとくちかぢかと見ゆる裸木
雪あかりたつ

硝子越しにわれの見てゐる冬庭はさびしさを
積むごとく雪降る

雪晴れし朝の堰にそひてゆく明るくみゆる水
は寒けん

義妹

一日の診療終へて逝きしとふ義妹の命終われはともしむ

葬りより悲しく戻りきたりしがあはれ躰つかれてねむる

結露なく結氷もなき硝子戸の今朝のすがしさ
降る雪がみゆ

心しづみわがをりしとき高ぐもる空にきこえ
て雁のなくこゑ

漕艇場のかぐろき水に触るるなく水平にとぶ
今日の吹雪は

風雪のひと日のはてに昇りたる月のひかりは
さながら かたし

ロボット犬

みづからの病篤きを知る友がロボット犬のゆ
くすゑ憂ふ

朝ぐもり低くさむきに冬越えし青菜いきほふ
硝子戸のそと

たまたまに怒りし夫の症状を痴呆と言へりこ
の介護士は

靴ゆるくなるまで足の細りたる夫をうながし
散歩にいづる

春の若布

歯にふるる感触たのし春はやき若布を食へば
雪の降りいづ

冬越えし落葉をふみてはかなきか雪どけの水
匂ふひるすぎ

雪とけて出でし落葉の乾くひる椿かがやくかたはらにゐつ

桜桃の花

桜桃の花あふれ咲くこのあした雪のこる山つねより遠し

疲れつつ歩みきたりて葉の乾く樟の大樹の下
にかがまる

雪どけの水をたたへてひもすがら寒きくもり
を映す春田よ

家々をめぐる流れは雪解水そこひにゆらぐ水
草あをし

去年植ゑし青菜にはかに丈のびて雪の消えた
る土あたたかし

記憶力のおとろへ四肢のいたみなど連帯の意
識もちて語らふ

帰り来し子ら眠らんかひさびさに人の香のあ
る闇やはらかし

平成十八年

草山

朝ぐもり晴るる草山いちめんに日の匂して福寿草さく

目のかぎり福寿草咲く山降りて身のかぐはしき一時間ほど

雪どけの水こだまする山あひに会ふ水芭蕉の花の群生

裸木の林にみつる春の日に消のこる雪はあたたかく見ゆ

佐渡

われの乗る船近づきて海のうへぢかに雪照る
佐渡が島見ゆ

雪どけの水をたたふるところあり島の寒さの
とどこほるらし

春山の雪照りかへすひるゆゑにわがゆく道は
土ぼこりたつ

低山のほとりに伸びし蕗の薹ひたしてながる
雪解の水は

春山の雪の反射をかうむりてひとりゆくわれ
脚をひきつつ

ひえびえと風吹きあぐる岬丘の歌碑のほとり
にうつぼ草摘む

萌えいでて間のなきくわんざう漸くに海霧は
れし岬にそよぐ

いましがた北鮮の船かへりしとふ浜のしづけ
さ立つ人もなく

山椒

山椒のにほひて季のうつる庭ひと日はげしく
雷雨がたたく
ゑんどうの花咲きしかど低温のつづきて莢実
になりがたき畑

炬燵より去りがたくしてみてゐたり六月さむきすぐりの房実

春ごろより丈のびし幼をりをりに頭を撫づるわが手をうとむ

競ふ心失せて久しと思へれどまどかなる日々といふにもあらず

脚ひきて歩むわが影みえがたき段差につまづ
く影もろともに

深谿にたぎつ濁りを見おろしてひとつの思ひ
やらはんとする

日を経つつ悲しみいよよ深くなるひとつ交は
り断ちがたくして

いつにても施設の広間に独りなる夫難聴のゆゑにかあらん

潮岬

海よりの風にふかるる街路樹のかなめは春のくれなゐふかし

四月三日の風ふきあるる岬にはとべらの白き
花すでに咲く

海風のつよき岬に咲きのこる花びらうすき椿
あはれむ

水のなきダムのほとりにたつ桜花あふれつつ
たもつかげなし

平均に暗くなりゆく鳥羽の海とほくきたりて
われは見てゐし

答志島　神島

鷗とぶ海のほとりに枯れてたつすすきにこも
る風音さむし

わが船にまつはる鷗群れなして水脈のごとく
に船尾につづく

朱き実をかかぐる海桐花《とべら》この島のさむき光を
さながらはじく

ほがらかに神島はあり青ふかき伊良湖水道統
ぶるごとくに

波あらき故にかあらんこの島のあざみを食ふ
とふ蝶を見かけず

久しぶりにならびて寝ねし弟がわれに無呼吸
のときあるをいふ

光さびしく

経塚のめぐりは芽吹く楢木立はるのをはりの
光さびしく

うちつけにわが背を叩くクラクションふりむ
けば自動車迫りてゐたり

わが顔をいぶかしみつつみる夫緑内障のすす
みたるらし

見えがたきもののまばらに降りしのみ待ちゐし梅雨の第一日は

六月の午前の光さへぎりて花咲くあふちむらさきくらし

あるときは眠る夫の手をさするのみにて帰り来心のこれど

電線のかげ濃くなりし日ざかりの道にいでき
つ帰らんとして

二階よりみつつさびしも晴れとほる道に影な
き電柱つづく

翡翠《かはせみ》はいづこへ行きしわれの眼にあざやけき
空の色を残して

平成十九年

関門海峡

みち潮のともなふ風はさむからず空晴れし日
の沖にひびかふ

みちてくる潮の速さよまのあたり海峡の波ふとくなりゆく

海峡に潮しづかなるときありてくらくなりたる空あたたかし

潮のおと空に吸はるるこの海峡日ぐれてのちもたつ波たかし

栗の木の芽吹くわが庭こまかなる光のうごく
ひすがらたのし
生育のおそき青田を見おろしてすぐる七月下
旬のさむさ

女良谷

いづこにも空木はなさく湯抱にきたれりわれ
は願ひかなひて

のぼり来しせまき平に見ゆる山あれが鴨山な
がくしのばん

女良谷の川ふきあぐるひややけき風はつかれ
しまなこを救ふ

空木の花なだれて咲ける谷ぞひにゆきて青葉の匂ひにむせぶ

樹々くらき山みち来ればひとところひらけて緑さやけき青田

朴の木は終りし花をかかげゐつ青天あつきまに日暮るる

さるすべりの花

さるすべりの花さく見れば朝の雲たわいなく
ゆく高原のそら

おのづから通ひなれたる道わびし遠き施設に
夫をおきて

雀よけのテープゆらして稔田の向う支線の電車がとほる

花みつる蕎麦の畑をくる少年ときにしろきひかりにまぎる

ひすがらの強き雨あし切るごとく雷がとどろく夕かたまけて

秋暑のひかり

鴉のこゑきこゆる庭の柿の木に秋暑のひかり
とどまりてゐる

やみがたき悔しみ湧けり思考力記憶力とみに
おとろへしかば

磐梯山のふもとにうごく蟋蟀のにぶきを見れ
ば冬ちかからん

刈りとりの近き蕎麦畑にはかなる雪に根こそ
ぎ倒れしといふ

散りのこる楓の紅葉夕かげに透きてはるけき
おもひをさそふ

冬木々は簡素に立てりみづからの落葉のうへ
に影をおとして

山の駅舎

霙ふる山の駅舎はあたらしき杉の丸太にて雪
がこひせり

おどおどと雪みちゆけばすれちがふ車もいたく緩慢にゆく

転倒をおそれてこもる雪の日々施設の夫はいかにをるらん

凍てみちに危ふく躰をささへしが膝の痛みのいふべくもなし

幼児

幼児はスキーたづさへいでゆけりかの近山も
吹雪きをらんに

雪雲のひろく覆へば刈跡も林もひかりかくや
はらかし

雪におく裸木のかげ見えがたし光とぼしく空
晴れしかば

いつまでも降りつづく雪軒下につもりて屋根
を犯すまで積む

吹雪なぎしつかのま心ゆらぎたり街空のあを
ふかくしなりて

足さむく覚めてしまへり眠剤をのみし眠りの
いくばくもなく

息づまるまでの吹雪や手の傘を路上にたてて
からだを支ふ

雪ながら厨は青き菜のにほひはるけき友の送
り来しもの

かがまりて投函したり堆き雪の間にポストが
見ゆる

わが庭の夕づくいとま青くたつ雪のあかりを
ひとり惜しみつ

平成二十年

石狩河口

岩の間を向きさだめなく降りくる温泉の湯気
をわれは踏みゆく

石狩の河口に近くうちつづく浜なしの朱実こころにのこる

デパートの混みあふ地下に食うべたるアイスクリームの薄荷の匂ひ

空を掃くごとくに揺るるしなの木の青葉の下に別れをつぐる

雲海のはたてにひかる濃きあかね機窓に見つつ遠くかへらん

雲海のうへをつきくるわが機影てのひらほどに小さくくろし

柘榴

消しがたきかなしみ忘れつつ生きて柘榴が芽吹く寒きくもりに

暗闇に眼をあきゐたり鳴りわたる雷よりつよく雨のふる音

からまつ林

湖を吹く風に絶えず音たちてからまつ林幹みなくらし

暑き日の湖のさざなみ白楊の木の傾く岸に絶えまなく寄る

つづけざまにあがる花火の硝煙が湖のむかうの空にひろがる

沿ひて来し流れいつしか水涸れて石うつくしき原にしをはる

むしあつき雲にあかるさ残る頃香にたつ稲田のほとりを歩む

雨霧のくらくおほへるわが盆地磐梯の嶺ことさらたかし

花いぶきたつにかあらんわが庭の風露草のう
へ雨すぎしかば

六月尽

身のおき処なきまで寒き六月尽すぐりは朱実
透きてかがやく

長雨に枯れし桜桃の木にひびきひとつ蜩きこえてきたり

高原の七竈の実つぶらにて青きをみれば梅雨はあくるか

高原をくだりてくれば雨ながら明るくなれり道のほとりは

強震

強震に襲はれしかと病床の夫のかたへに不安
なかりき

やや遠き低群山の平安を見むといで来つ夫の
部屋を

降りつづく雨にたちまち裏畑は畝の間に蝌蚪
生れいづ

大雨につづく炎暑の日々にして畑土かわき蝌
蚪かわきたり

ちかぢかとひびく鴉のふとき声たんぽぽは絮
毛とぶにかあらん

目のかぎり倒伏したる稔田の黄のいろまぶし
日のくるるまで

幾十日ぶりの降雨かしみじみといまよみがへ
る裏畑の土

七月の半ば過ぎたり日当りのよき部屋に来て
炬燵をはづす

友

昼ふかき峡はさびしも樟の木の若葉に空の青
ゆらぎつつ

永代の供養たのみて家族なき友がホスピスに
入りゆきたり

外泊をゆるされし友は人気なき家にねむりて
戻りゆきしか

かけがへなき友失へり死ぬためにきたりし世
とは誰か言ひたる

ホスピスに入りゆく間際送りくれし若布ぞひ
とり食みて葬ふ

寒の日の流るる水に手をひたすごとき悲哀の
こころといはめ

土の香

降る雪のつもるともなき庭畑は夕かたまけて
みつる土の香

慌しく雷鳴りしかど降りつづく静かなる雪み
だるともなし

晴天の街にいで来てわが怖るかたく緊まりし
雪のひかりを

雪のこる山の反射に芽ぶくらし冬木の林あか
くけぶらふ

春日さす路上に実習生をりて雪よりぬきし大
根を売る

巨大なるものをひきずるごとき音つよき風雨
の雪になりたり

白　鳥

朝霧の晴れし刈田のひとところ白あたたかく
白鳥群るる

みづみづしく雪降りつづくこの夜の空の明る
さ誰にし告げん

家ぬちのこの明るさや硝子戸の外に降る雪質
感のなく

息ごもる硝子拭ひてはかなかり外はひとさま
にけぶりゐるのみ

平成二十一年

伊勢湾

伊勢湾の朝かがやきをよぎりゆく長病む夫を
意識にもちて

堅牢なる視界と言はん暑き日に照る人工のみ
なとに立てり

接岸の船より土をおろしをり厚き木綿のごと
きその音

雨のなき炎暑のつづく病室にのぞむ低山みど
りやはらかし

稔田も花咲く蕎麦も打ちふして秋あつき日に照らされてゐる

みづからを善人といふこの人はつねに被害の意識あるらし

生くるとは汚るることかいねがたき夜の臥床にひびく風音

母の形見

形見なる眼鏡をかけしわれの顔逝きたる母の
知るよしもなし

朝庭にゆくりなく触れしいちじくの若葉やは
らかきことに驚く

ややとほくくわりんの青実ひかりゐつ雨なきま
まに逝く梅雨の日に
寒かりしひと日のゆふべ西空に濁る茜のたち
まちに消ゆ

十三夜の月

片頬に触るるかすけきものは何振り向けば十三夜の月昇りゐつ

赤き点うごくを見つつ歩みきて間もなく稚《いとけな》き子になれり

苗たちて水あさき田の遠々に見ゆる風の日さびしかりけり

亡き友の声のごとしも寒き雲うつして広く水
さわぐ田は

白河の関跡

対岸より届く夕日に足もとの冬越す青き草つ
ややけし

白河の関跡にあひし首輪なき犬は日暮れていづこへ行きし

杉森のうへにうごかぬ大き雲内部より暮れ寒くなりたり

かすかなる湯の湧くほとりこの谷の流れ暫く金気ともなふ

立春のゆふべ茜の濃きそらを一群の雁つばらかにゆく

いましがたわが上空をとびゆきし雁らにはかに隊列みだす

この日頃をとめさびたる幼児と思ひてみれば髪にひかりあり

体操する夫いくたびもふりかへりわれの所在を確かむるらし

しみじみとここはさびしといふ夫おきて帰り来われもさびしく

欅の黄葉

風雪の一夜はあけて庭隈の欅のもみぢたかく
かがやく

散りのこる楓の紅葉きはまりてはるかなる日
の見ゆるがごとし

いち早く明るむ柿の実わが家の朝はそこより
あけてゆくらし

霜かたき朝のみちを不機嫌に運転する子におくられてゆく

凸凹のしるき雪みち風ながら行かねばならぬ夫待ちをり

話しつつ眠る夫よ雪晴れの空かくまでもまぶしきものを

意のままにならぬ脚にてあゆみゆく凍る路上
のわれの靴音

大寒の雪降る畑にひとならび冬越するゑんどう
いきいきとたつ

硝子戸を透す日差しに汗ばめり雪なかにたつ
青菜のみえて

雪の香

寒気団そらうつりつつ雪の香のきよき畑より大根を抜く

雪まじり吹く風の音をやみなし日の暮れがたの感覚あはく

雪のなき刈田に湯気のたつみえて大寒のそら
たかくなりたり

裏庭のせまき畑は雪とけてひらぶ青菜のたち
あがる頃

裸木は心あづけんと思ふまでしづかに立てり
雪とけしかば

土にほふこの春畑は融雪のしめりのこりて
朝々さむし

幹ふとき胡桃の冬木いちめんに咲く福寿草の
花にかげおく

桃の木の闇

ふかからぬ山と思へど立春の朝の雪に木々み
えがたし

ひもすがら降りたる雪に香のありて桃の木の
闇柔軟になる

広々と雪かきくるる午前五時息子と言へどた
だありがたし

ひとときの心といはん雪とけし道にいでたる杉の葉を踏む

介添を好まぬ夫あるときは手にさぐりつつコーヒーを飲む

春彼岸の近づくひと日雪に荒れし庭片づけんとひとり降りたつ

わが家を手伝ひくるる老夫婦ときにあらそふ
はばかりもなく

平成二十二年

花粉

空にごるまでに花粉のとびゐしが杉木立は林
相ひきしまりたり

なつかしくわれは聞きをり檜葉の木に降る雨
の音幾日ぶりぞ

亡き友の声ききたりと目ざむれば柿の若葉に
雨か降るらし

しぶき降る雨のけぶりに淡きいろ見ゆるあた
りは穂麦の畑か

凌霄花は支柱危ふく花つけて首夏のさむき風
に吹かるる

藤の花山ぶだうの葉をひでて食ふ湯の湧きい
づる山のはざまに

いとけなき蕗のまろき葉押しあひて生ふる低
山のふもとを通る

沼のほとり

水くらき沼のほとりに六月の昼のさむさをなげきあひたり

いたるところ咲く栗の花青葉濃き山吹く風ににほふともなし

かへり来る憩ひはなにかうちつづく緑濃き田にかぜの音なし

耳聾《みみしひ》の夫も聞くべし遠き日に共にききたるラローぞこれは

くりかへす旋律かなしすこやけき頃の夫の聞きゐしボレロ

百日紅

いづこにも百日紅の花あかく咲く峡のむら雲
むしあつし

ゆたかなる滝と思ふにその水を覆ふ若葉のい
きほひつよし

暑き日のひかり傾く谷あひにたつ水の音風に
ふくらむ

青空に楽鳴るごとし日のあたる樟の若葉の下
に立てれば

穂にいづるときとなりしか見つつゆく青田の
みどり色やはらかし

ひとかたに動くさざなみの運びくる闇に山上
の沼は暮れたり

檜葉の木

四十年の過去《すぎゆき》は何わが植ゑし檜葉の木ふとく
なりにしものを

かがまりて顔あらひをりこの腰のいたみに今日も堪へねばならぬ

雨さむき街にいできて人に会ふ人にしあへば人わづらはし

今日もまた暑くなるらし入りて来し朝の畑におく露もなし

あるときは義務のごとくに思ひつつ施設にながき夫を見舞ふ

脳細胞

朝より心のかるし脳細胞再生するとふわれは信ぜん

さだまれる秋の光に萌えいでし畑のものらな
べてしづけし

丈のびし蕎麦のひこばえ秋の日に耀ふみれば
しきりにそよぐ

膝病めば手も衰ふる馬鈴薯の皮をむくさへか
くたどたどし

省みてときに嘆かふ膝いたむのみにはあらね
ゆるきふるまひ

おのおのの影をはこびて椎の木の下より鳩が
歩みいできつ

木に残る柿の実は光失せゐたり俄にさむき昼
とおもへば

雪晴れ

オー・ソレ・ミオあかいくつなど唄ひつつ夫
施設に長くなりたり

干柿にまつはる蜂の音もなき静寂にをりなに
するとなく

ひと夜の雪晴れし前山つばらかに立つ冬の木
木恋しきものを

雪原の空をまぶしみ行くみちのいくところに
も雪けむりたつ

視界なき雪けむりのなかおぼおぼと対向車の
灯みえて近づく

夫の手をさすりつつ見る窓のそと雪の晴れたる山々ちかし

鵯

雪原を越えてとびくる鵯が軒の干柿をあますなく食ふ

告げがたきおそれのありて歩みゆく雪あかり
たつ木立のなかを

よもすがら雪の面をすりて吹く風は過去より
とどくごとくに

なにゆゑとなけれどまどかなる月の下びに照
れる雪を怖るる

雪雲のいよいよ低き山あひの漕艇場は水おもからん

深谿に幕さながらに降りこむる雪見ゆ高層の灯に照らされて

硝子戸に迫りて高き雪の壁こころの荒るるまで息ぐるし

雪晴れのまぶしきあしたまたひとり心に近き
人の逝きたり

吹きあれてひと夜積りし雪の量われのうちな
る思ひのごとし

平成二十三年

安曇野

安曇野は空ひろければ水張田にうつる山々雪のこりゐる

雪のこる常念岳はしろがねにひかりて五月の
空よりまぶし

おびただしき柳の絮毛ただよへるからす川渓
谷対岸みえず

水あさき川は前方に落ち入りて滝となるらし
音のきこゆる

丈ひくき楓若葉のさやぐ音さへぎりのなき空にひろがる

足かるくゆく山道の片側は楓の木むらさやぎてやまず

わさび田にゆく道すがらゆれてゐる楓の若葉は葉先するどし

こもれ日をうかべつつ行く水の音中洲のふとき胡桃にひびく

わさび田を覆ふ寒冷紗かはのごと見えて遠き若葉につづく

碌山の女に会ひしたかぶりを沈めん桂わかばの下に

越えてゆく若葉の山のいくところむらさき寒く桐の花咲く

花のみの桐のすがしさ低山のいたるところに色あざやけし

やや遠きしげみのなかのあかき花思ひみざりし柘榴のはなぞ

地下鉄

地下鉄の駅に降りたちよどみゐる空気押しゆくひとりとなれり
傍らに眠るをとめ子寝がへりをうちつつ笑ふ夢はなにならん

見知らざるわが顔のあり一週間病みてのぞきし鏡のなかに

風邪ひきてわが行かぬ間に重篤の夫が粥を食ひたりしとぞ

六日経て見まひしわれに見えがたき眼を向けぬ病み臥す夫は

放射能のうれひはなきかこの幾日外見えがたく春の雪降る

いちりん草むれ咲きにけり放射能あるかも知れぬわが庭のうへ

熱たかき夫のねむる部屋のそと水張田につづく山あきらけし

みつつゆくゴッホ展の素描おほよそは働きびとにて丈低かりき

首に手に点滴の針いたいたし夫声なく眼をあきてをり

大丈夫と言ひつつ躰さすりやる夫はげますはおのれはげます

直なる光

おろかなるわれの歩みよいつにても直なる光
は最短をゆく

漂ひてひかり降る雪はるはやき朝の庭にわれ
をいざなふ

久々に歩む春田のうへの空たかくなりたり雪へりしかば

街屋根のうへにかすかに朱のこり雪庭あかるく夕暮れんとす

雪へりし春田の流れは濁り水もりあがりつつさながらあそぶ

紙のごと雪うすくなりし春の田の眼にしむみどり萌ゆる青草

スキー場

夜空よりなだるるあかりはスキー場灯のつらなりが雪に輝く

緩慢に降る雪みれば冬空の朝のひかりを地上
に移す

ありありと春日をかへす積雪はましろきまま
に低くなりゐつ

いくばくか低くなりたる庭の雪けふは冬木の
梢が見ゆる

聴力も視力もすでにかすかなる夫論文のことばかりいふ

しめりもつ音のかそけさ雪消えていでし欅のわくら葉を踏む

空気がうごく

おほよそのめやすのつきていでて来し雪晴れの庭空気がうごく

胡桃割る音きくごとくわがをとめときに乖離の思ひこそすれ

福寿草は花終へゐたり雪消えし檜葉の根方に近づき見れば

平成二十四年

夫

わが街をめぐる低き山々のかすむこの頃暑さきはまる

去痰して夫ねむれり暫くはねむらせたまへ処
置など要らぬ

見おろしの青田のなかに現れて二輌の電車は
しりゆく音

巨き巌に打たれし思ひいましがた応へし夫の
急変したり

意識なき夫がわれの呼ぶ声に二度うなづけり
僥倖のごと

きこえくるシンフォニーの曲名を問ひたきに
夫いづこにもなし

かの日より思考とまりぬ苦しみも悲しみもな
く茫々とゐる

これの世に夫の姿あらぬこと不思議にてなら
ぬ二週間経し

残されし新しき靴に涙おつ遂に夫は履かずに
逝けり

祭礼のごとく賑はふ多磨霊園夫の納骨せんと
わが来し

漠然とすごしをりしが唐突にのこり少なき余
命と思ふ

月蝕

ひびきあふ星らのひかり蝕すすむ月あかるむ
とわが思ふまで

ほのあかくすきとほりつつ欠けてゆく今宵の
月は小さかりけり

音もなく三本の川の合ふところ濁りしままに
阿賀川となる

ゴーギャンを迎ふるために描きしとふ黄の水
仙に遂に会はざりき

高原のみち

人気なき高原のみちたまたまに夏の黄葉がわが前に散る

東京より人がきたりて亡き夫の本もちゆけりリーマン幾何の

いまもなほリーマン幾何を究めんと多くの人
が競ひゐるとぞ

わが夫もリーマン幾何の解明をなし得ず逝け
り寂しかりけん

インターネットに触れしことなく逝きたるに
夫の論文見しと人いふ

鳥のこゑ遠くきこゆるしづかさに躰つかれて歩みつつをり

兄嫁

畦草のみどり目にしむ兄嫁を葬りてかへるひろき刈あと

雪の降る予報はづれし裏の畑冬越す青菜日に
すきとほる

隣接の中越地震うちつけに地鳴りてわが躰の
しづむ

いちめんに枯れし冬田のひとところ神の心の
ごときひこばえ

セシウム

消えのこる雪より寒く咲く辛夷この高原にセシウムはなきか

うらうらと春日さす日々放射能おそれてこもる家ぬちさむし

一村をあげて逃れきてくれし人らにわが町うるほひしとは

線量計つねたづさへて学校へ行くわがをとめすこやかにあれ

をとめごの持ち帰りたる線量計おづおづとして見ることのあり

放射能おそれてこの地をいでてゆく人夥し止む気配なし

避難の人受け入れて来しわが町に阿賀川がセシウム運びくるとふ

弥六沼

水の面のうごくともなき弥六沼かすけき雨の脚みえながら

ひややけき風吹きあぐる川に沿ひ歩めば顔に蟆子がまつはる

山なかの道のはたてに会ひし滝静けさを統ぶるごとく轟く

噴火にて成りしとふ滝消滅のときもありなん
きびすをかへす

耐へがたき暑さのつづく高原に萌えし蕎麦の
芽涙ぐましも

いくつもの検査をうけしわが病診断のつかぬ
ままに癒えたり

夕ぐるる湖のうへ靄ひくくなびかふときに帰りきたりぬ

平成二十五年

今年の葦

くわくこうの声のきこゆる沼の辺に今年の葦
は不揃ひにたつ

沼の水あふるるところベニヤ板の仮の橋あり
いづこへ行かな

かくまでにかそけく静かなる花の苦菜《にがな》にあへ
り森の中にて

高原のあつき光のなか行きてななかまどの朱
の鮮烈にあふ

観光の人も絶えしか裏磐梯めぐる道みち会ふくるまなし

いまだ固きつぼみなれども鮮やけき色彩もてり山のあざみは

湖も山も分たぬ霧にたつモネのロンドン橋のまぼろし

低山のかぐろき青葉につづきゐる水田の苗は
いまだをさなし

むしあつき夕畑につむ茄子のとげ悔もつわれ
の心にいたし

たひらなる夜の雨音そらにみちわが家にみち
胸にしみつる

原子炉

除染とや林檎の樹皮をことごとくはがしゐる
友暑き日のなか

原子炉は遠しと思へど川底のセシウム千七百
ミリシーベルト

川底のセシウム対策する余裕なしと言ひたり
環境省は

ありし日の母のくれたる柱時計音すこやかに
四十年あり

私ら子を産めますかと問ひたりし少女のあは
れ中学生とぞ

今更にセシウム沃素の害を言ふ原子炉の事故
より二年へだてて

目張りして一年有余ほのぐらき部屋に寝おき
すわがをとめごは

原子炉のまたもや事故といふニュース見えざ
るものに脅え続ける

眼鏡

訪ふたびに眼鏡持ち来よと言ひゐしが夫失明を知らずに逝けり

傾きし日の暑かりき病院にこの世過ぎゆく夫とをりて

トポロジー位相空間リーマン幾何夫の研究逝
きてより知る

朝鮮人参

乾きたるひろき畑のひとところ朝鮮人参の細
茎そだつ

種まきていちねん朝鮮人参の小葉はみな土にしひらぶ

自動車の硝子にうごく日のひかり若葉になりし樹々の下ゆく

原子炉は遠しと思へどほのぐらき囲ひのなかの牛らしづけし

さながらにうするる記憶空中をたんぽぽの絮毛ただよひて来し

ひさびさにならびて寝ねし弟とともに朝の体操をする

猪苗代の湖岸にたてば八月の三日やうやく蟬のなくこゑ

鴉

夕空に撒き散らしたるごとくゆくあの鴉らもひとつの群れか

通ひくるる人病みしかばたちまちに草いきれたつわが庭畑は

枯れ果てし畑と思へど土のなかに小さくまろき玉ねぎありぬ

出勤の前に息子の摘みくれし茄子つややけしわが顔うつる

高齢者のふえしこの町犬猫をともなひ歩く人らの多し

かつてなき暑さのつづく八月の上旬ひるの庭
に虫なく

葛の葉

葛の葉のおどろに枯れし山畑に白あざやかに
大根そだつ

吊しおく柿も冷ゆらんわが庭の木々の紅葉き
はまりにけり

朝靄は土より晴れておもむろに現れいでぬ刈
田のあぜが

紅葉のきはまる山をくだりくる厚き光の層を
分けつつ

心地よく晴れし九月の昼の庭草にひびきて蟋蟀がなく

大雨につづく酷暑の日々にして鳴く虫も蟬も声にちからあり

沼の辺の闇はいち早く冷ゆるらんはかなきことを思ひ寝につく

尾ながどり

寒きあめ降りつぐわが庭灰白の胸毛ゆたけき
尾ながとびかふ

木に残る柿をついばむ尾ながらよ時雨のあめ
の冷たからんに

尾ながらはいづこへゆきし一夜にて積りし雪にうごくものなし

濃き靄とおもひいでてきたりしが外は頬を打つ雪の粉

吹雪

雪に馴れしわれさへつらきこの吹雪仮設住宅
の人らはいかに

大寒の雪降る日々にそだちゐる梅の蕾はくれ
なゐふかし

積雪と軒のあはひに見ゆるそら日脚いくばく
のびて明るし

きしきしと空気の凍る夕まぐれとげのごとき
がわが頬をさす

凍てつきし高原のみちくだり来て渚あかるき
湖にいづ

殊更に幹あかき松低丘の雪のなだりにすこや
かにたつ

木々見えぬまでに雪降る三月の空を見あぐる
いくたびにても

うちつけに屋根の氷のおつる音地《つち》にとどろき
家をもゆらす

足ひきて歩むあけくれ仏壇の花の水さへとり
かへがたし

雪どけ

雪どけのすすむわが庭ひと日ごとかぐろき土
のひかり拡がる

山道のところどころに残る雪よごれて春のひ
かりかへさず

みづならの芽吹きのひまにかすかにも残る雪
ありうしろの山は

いちりん草咲き拡がれるわが庭を除染すると
ふ三年すぎて

直ちには影響なしと言ひつづけセシウム沃素
の害は言はざりき

いちりん草

いちりん草ひろく咲きみち雪とけし庭ひととき
に華やぎにけり

消雪の装置の水にたつ靄がふみゆくわれの足
にまつはる

臥床にて書物読むわれ枕もとの電燈に手をあたためながら

吊しおく柿とついばむ鳥のかげともに揺れをり朝のテラスに

漱石がその妻にあてし手紙にて「娘には椅子の生活させよ」

平成二十六年

草やぶ

草やぶのなかに礎石の残りつつ除染をしたる
土たかく積む

除染せし土を積みおくところ過ぎ清くまぶしき海にいでたり

このひでりいつまで続く萌えいでし茗荷残らず枯れてしまへり

たまたまの雨に歩めば思ひがけず水たまりあり踏みてわが越ゆ

寒き五月

萌えいでしものまだひくく遠々に見ゆるすがしさ五月来向ふ

かたはらのストーブに湯のたぎる音ききつつ寒き五月逝かしむ

丈ひくきゑんどうの花咲き揃ふ五月寒さのき
びしき日々に

われ知らず涙いできつうちつけに街空おほふ
さくらに会へり

ゆるるなく散るなきさくら晴天に見ればしろ
じろ陶の如しも

コローの絵

容赦なき人ごみに押され脚いたむままにコローの絵の前に来つ

かたむきし樹に吹きあつる突風の絵を見てゆるぶわれの心は

意識にはなかりしものをとめどなく雨降る夜
半にさめて寂しむ

風のなき昼の降雪さながらに空の静寂ともな
ひて降る

をやみなく降りつぐ雪のひき寄する空とし思
ふますます暗し

雪庭

雪庭にひすがらに置く裸木のかげうすれつつ
暮るさむさか
殊更に寒きゆふべは裏の家にともるあかりを
待つごとくゐる

積雪をへだてし家に電燈のともればうれし何ゆゑとなく

堆き積雪のうへになほも降る雪は日に日に天に近づく

天地の間

ひもすがらよすがら降りてやまぬ雪天地のあひだ狭くなりたり

雪空に日の在処《ありど》らしきものの見ゆ淡き期待のうちに湧きくる

かすかなるものなりしかど残りゐる羞恥の思ひなしといはなく

日のひかりまばゆき昼も音たえて降りつづく
なり直なる雪は

雪庭の向うの家にともる灯をささへとなして
ねむる今宵も

修正液

いく度も修正液にたよりつつ漸く葉書をいちまい書きぬ

なびくなく漂ふとなく降る雪は天地のあひだをさながら紡ぐ

やうやくに木々芽吹かんかひろげおく切干大根小さくなりぬ

切干の大根かわく裏の庭うめの花さき水仙が
咲く

牧場

放射能あらずと言へど草を食む牛をらぬこの
牧場さむし

あしき噂ながししは誰手入れされし牧原にいのちあるもの見えず

湖を見おろす牧場広々と草刈られゐてうごくものなし

いのちあるもののなき牧場丁寧に草刈りしあとの広きむなしさ

あとがき

『雪庭』は私の三冊目の歌集になります。

平成十五年から二十六年の春までの作品から四六五首を収めました。前集『水の余韻』の後に今度からはもつと早くまとめようと思ひましたのに又後れてしまひました。この間私にとつて、長年お心にかけていただきました佐藤志満先生が逝去されました。又甥や大切な友人を失ひ、東日本大震災のすぐ後に長らく病床にあつた夫が他界しました。九十三歳でした。

なんとなく歌集を編む事が出来ずにをりましたところ歩道の先輩である黒田淑子様に促され急遽まとめることが出来ました。

『雪庭』の題名は「雪庭の向うの家にともる灯をささへとなしてねむる今宵も」などから採りました。まとめて見ますと発想の貧しさと歌境の狭さは否めません。でも先師、佐太郎先生が、晩年蛇崩坂をくりかへし詠ひつづけられた事を思ひますと歌材の狭さを嘆くことは許されません。私の住む会津は、日本有数の雪国です。長年雪になじんで来ましたが一日とて雪の状態の同じ日はありません。折角与へられた境遇です。師の教への様によく見て考へて詠つて行かうと思つてをります。それにこの頃、単純化といふことと、声調がしきりに気になります。それも歩道のなかで言はれつづけられた事ですが、殊更に気になつてをります。余計なことは言つてゐないか、くどくはないかと声調と会はせて思ふ日々です。声調にも工夫をしなければと折々感じますが非力のいたすところ苦労してをります。

幸ひに、編集長始め歌のことを語り合へる歩道の会員の皆様、会津短歌会の方々、坂下歌会の人達にめぐまれてをります。唯、東日本大震災の余震がまだ続いてゐる現実、特にわが福島県は未曾有の原子炉の事故といふ恐しい災難に遭ひ、まだまだ解決してをりません。一日でも早く過去として詠嘆したいものです。この歌集を編むことが出来て少し希望がもてる様な気がして来ました。
歌稿をまとめるのに色々のことでまごついてゐる私に、手をのべて下さつた現代短歌社の道具武志様、今泉洋子様社員の皆様に厚く御礼申しあげます。

平成二十六年七月十五日

近藤千恵

歌集 雪庭　　　　　　　　歩道叢書

平成26年9月26日　発行

著　者　近　藤　千　恵
〒969-6553 福島県河沼郡会津坂下町西南町
裏甲4012
発行人　道　具　武　志
印　刷　㈱キャップス
発行所　**現 代 短 歌 社**
〒113-0033 東京都文京区本郷1-35-26
振替口座　00160-5-290969
電　　話　03（5804）7100

定価2500円（本体2315円＋税）
ISBN978-4-86534-046-4 C0092 ¥2315E